# GUÍA DE LECTURA

Escrita por Natalia Torres Behar

# Crónica de una muerte anunciada

de Gabriel García Márquez

ResumenExpress.com

GUÍA DE LECTURA
Resumen
Express.com
GUÍA DE LECTURA
Cincuenta sombras de Grey
de E. L. James

# GABRIEL GARCÍA MÁRQUEZ

## ENTRE LA REALIDAD Y LA FICCIÓN

- **Nacido en 1927 en Aracataca (Colombia)**
- **Fallecido en 2014 en Ciudad de México (México)**
- **Premios literarios:**
  - Premio Nobel de Literatura (1982)
  - Premio Rómulo Gallegos (1972)
- **Funciones destacadas:**
  - Doctor *honoris causa* de la Universidad de Columbia
- **Algunas de sus obras:**
  - *El coronel no tiene quien le escriba* (1961), novela
  - *Cien años de soledad* (1967), novela
  - *El amor en los tiempos del cólera* (1985), novela

Gabriel García Márquez nace en 1927 en Aracataca, un pueblo pobre y olvidado del Magdalena, departamento de Colombia. Crece entre sus abuelos maternos y sus tías, quienes son —además del escritor estadounidense William Faulkner (1897-1962)— su mayor influencia literaria: su abuelo, veterano de la guerra de los Mil Días, es su vínculo con la historia del país, mientras que su abuela es la fuente de una visión mágica y supersticiosa de la realidad.

García Márquez estudia Derecho en la Universidad Nacional de Colombia para complacer a su padre, aunque su verdadera pasión es la escritura. En 1950 desiste de su intención de convertirse en abogado y comienza a dedicarse al periodismo. Su trabajo periodístico siempre va de la mano con su carrera literaria y le permite entrar en contacto con escritores y periodistas, como los del «Grupo de Barranquilla», y pasar una larga temporada en París, donde conoce a escritores como Mario Vargas Llosa (nacido en 1936) y Julio Cortázar (1914-1984). Estos últimos son ya promesas de lo que será el *boom* latinoamericano, el fenómeno editorial que, en la década de 1960, permitirá al mundo conocer la obra de quienes hoy en día se consideran los grandes maestros de la literatura latinoamericana.

En 1967, García Márquez publica su novela más famosa, *Cien años de soledad*, que vende ocho mil ejemplares en una semana. A partir de este momento, su fama no para de crecer. En 1982, el escritor es galardonado con el Premio Nobel de Literatura por su prolífica carrera literaria, que comienza en 1955 con *La hojarasca* y que continúa hasta 2004 con la publicación de su última novela, *Memoria de mis putas tristes*. Los problemas de salud del escritor comienzan en 1999 a raíz de un cáncer linfático que finalmente acaba con su vida. El escritor muere el 17 de abril de 2014 en Ciudad de México.

# CRÓNICA DE UNA MUERTE ANUNCIADA

## ENTRE EL PERIODISMO Y LA LITERATURA

- **Género:** novela periodística
- **Edición de referencia:** García Márquez, Gabriel. 1981. *Crónica de una muerte anunciada*. Madrid: Biblioteca El Mundo
- **Primera edición:** 1981
- **Temáticas:** destino trágico, honor y venganza, violencia, verdad

*Crónica de una muerte anunciada* es una novela corta en la que el lector conoce el final desde la primera página: sabemos que, pase lo que pase a lo largo de la obra, su protagonista, Santiago Nasar, morirá a manos de Pablo y Pedro Vicario, que buscan así defender el honor de su hermana Ángela. Esta se ha casado un día antes con un hombre misterioso recién llegado al pueblo y al que ella no quiere, Bayardo San Román. Pero cuando las celebraciones, llenas de lujo y pomposidad, aún no se han terminado, Bayardo descubre que Ángela no es virgen y la devuelve a su casa. Ante los golpes y las preguntas de su madre, Ángela confiesa que ha perdido la virginidad con Santiago Nasar. Entonces, los hermanos Pablo y Pedro Vicario se ven en la obligación de defender el honor de la familia y deciden matar a Santiago.

En el pueblo, prácticamente todo el mundo sabe que los hermanos Vicario buscan a Santiago Nasar para matarlo. Sin embargo, lo cierto es que, por distintos motivos, nadie se lo advierte y, tras una serie de coincidencias, los hermanos lo matan en la puerta de su casa. Muchos años después, el narrador se dedica a investigar qué fue lo que pasó e intenta revelar dónde nace y cómo tiene lugar la tragedia.

# RESUMEN

*Crónica de una muerte anunciada* es la reconstrucción de una historia por parte de un amigo de Santiago Nasar, que asume el papel de narrador en primera persona. Años después de ser testigo de los hechos, decide volver al pueblo a investigar lo que pasó y, para lograrlo, habla con testigos, lee informes, cartas y testimonios y reconstruye la historia de lo que sucedió ese trágico día de febrero. De este modo, la novela está compuesta por varias capas: el día del crimen, el sumario del juez con declaraciones de testigos algunos días después del asesinato, las entrevistas con testigos y protagonistas que hace el narrador más de veinte años después de los hechos y, finalmente, la propia escritura de la crónica. La historia da lugar a múltiples voces y perspectivas que no se ponen de acuerdo y muchas veces se contradicen en su intento por aportar información para la reconstrucción de los hechos.

## LA NOCHE ANTES DEL ASESINATO

Santiago Nasar tiene 21 años y vive en un pueblo indeterminado de la costa colombiana. Cuando no está administrando su hacienda, hace lo mismo que todos los hombres de su edad y su condición: se va de juerga con sus amigos, bebe mucho alcohol, acude a fiestas, anda con muchas mujeres y, ocasionalmente, frecuenta prostitutas. Santiago llegó a estar enamorado alguna vez, pero ahora va a casarse con Flor Miguel, su novia de toda la vida.

La noche anterior a su asesinato estuvo de fiesta hasta las cuatro de la mañana con sus amigos, el narrador y Cristo Bedoya: la boda de Ángela Vicario y Bayardo San Román fue enorme y todo el pueblo estuvo invitado a la fiesta. El cortejo, por su parte, fue corto, y el noviazgo solo duró cuatro meses, pues Bayardo estaba deseoso de casarse. El narrador asegura que este último quiere comprar la felicidad, pues organiza una gran fiesta para celebrar su boda. No le cuesta hablar sobre dinero y le gusta el hecho de que Santiago se pase la mayor parte de la noche especulando con sus amigos cuánto pudo haber costado todo aquello.

Cuando Santiago se levanta a las cinco y media de la mañana del día siguiente, cansado y con resaca, se dirige al puerto, como el resto del pueblo, para saludar al obispo, de quien se dice que hoy sí se bajará del buque oficial a saludarlos y bendecir a los enfermos. Santiago no sabe que morirá en menos de dos horas. Se viste con elegancia, no con la ropa que se pondría normalmente para ir a la finca, se toma un café fuerte y sale, contradiciendo su costumbre, por la puerta delantera. En el puerto se encuentra a Cristo Bedoya, con el que conversa sobre la noche anterior y sobre el costo de la boda, y Margot, la hermana del narrador, lo invita a desayunar cuando todo acaba. Muchas personas del pueblo, que saben que los hermanos Vicario están buscando a Santiago para matarlo, lo ven tranquilo en el puerto, conversando con sus amigos y conocidos, alegre y amable como siempre, y piensan que ya le han advertido, por lo que deciden no hacer nada. Mientras tanto, como siempre, el obispo saluda y bendice desde el buque, que ni siquiera se detiene.

## EL DÍA DEL ASESINATO

Durante la fiesta, en el momento indicado, la nueva pareja se retira a su casa (que Bayardo le compró al viudo de Xius), una hermosa y vieja mansión, la más bella y mejor ubicada del pueblo. Sin embargo, a las tres de la mañana y con gran sigilo, Bayardo devuelve a Ángela a su casa: el matrimonio debe ser anulado, pues Ángela ya no es virgen. Cuando su madre se entera de esto, golpea y castiga a Ángela e informa de los hechos a sus dos hermanos, Pedro y Pablo. Ellos ahora son los encargados de devolverle el honor a la familia asesinando a Santiago Nasar.

Así pues, los hermanos buscan las armas para matarlo, anuncian a mucha gente lo que van a hacer y se sientan a esperarlo en una tienda cerca de su casa. La espera es larga, y solo logran dar con Santiago unas horas después, cuando este vuelve de ver pasar al obispo. Entonces, lo matan a puñaladas en la puerta de su casa con todo el pueblo como testigo. Después, los hermanos son interrogados y encarcelados, mientras que el resto de la familia decide huir a otro pueblo.

## VEINTISIETE AÑOS DESPUÉS

Como lectores, nos enteramos de todo esto veintisiete años después de los hechos. Es en ese momento cuando el narrador decide volver al pueblo a investigar y reconstruir la historia a través de entrevistas a muchos de los testigos. Habla con su madre, con la madre de Santiago, con quienes lo vieron caminar con Cristo Bedoya, con la empleada del servicio y su hija y hasta con la misma Ángela Vicario, que desde ese día no vive en el pueblo.

Este es el motivo por el que la historia puede considerarse una crónica: el narrador, como un periodista, entrevista a todos los implicados y responde a las preguntas de quién, cómo, dónde, por qué y cuándo, además de dar las distintas versiones de lo que sucedió. Se dice que todo fue una serie de casualidades desafortunadas, que los que pudieron no le quisieron advertir, que era imposible que no lo supiera, que era lo único que se podía hacer, etc.: un coro de voces que nos ayuda a entender mejor todo lo que pasó aquel día, pero que, sin embargo, no puede conocer el último secreto: si realmente Santiago le quitó la virginidad a Ángela, puesto que según todo el pueblo ellos casi nunca habían hablado y Santiago la creía medio boba. Finalmente, solo hay una cosa claro: Santiago Nasar está muerto.

# ESTUDIO DE LOS PERSONAJES

## SANTIAGO NASAR

Santiago Nasar es hijo único y tiene 21 años. Es alegre y pacífico, esbelto y pálido, y siempre parece feliz. Tiene ciertos rasgos árabes, heredados de su padre Ibrahim, que murió tres años atrás. De él aprendió a manejar armas de fuego (aunque nunca se les vio armados en el pueblo), el amor por los caballos, el valor y la prudencia, además de la lengua árabe, que utilizaban siempre para comunicarse entre ellos. Trabaja en la hacienda que heredó de su padre y de la que tuvo que encargarse apenas terminó el colegio: el Divino Rostro.

Se enamora con facilidad y el próximo diciembre se iba a casar con su novia de toda la vida, pero sus amigos saben que a quien ama desde su adolescencia es a María Alejandrina Cervantes, una prostituta del pueblo a quien su padre le prohibió seguir viendo. También coquetea, siempre que puede, con Divina Flor, la hija de la cocinera Victoria Guzmán, a quien nunca le ha gustado Santiago Nasar.

## PABLO Y PEDRO VICARIO

Son gemelos idénticos y tienen 24 años. Aunque parecen un poco rudos, tienen buen carácter y no son malas personas. A pesar de su parecido físico, tienen personalidades distintas: Pablo —que es seis minutos mayor— fue hasta la adolescencia decidido y creativo, mientras que Pedro es más autoritario, especialmente desde que volvió de cumplir con el servicio militar. Este último es el que toma la decisión de matar a Santiago; su hermano, como casi siempre, simplemente lo sigue.

Se dedican a criar y sacrificar cerdos, y es con esos cuchillos con los que planean matar a Nasar. Deben cumplir con la responsabilidad del honor, pero muchos testigos afirman que se notaba que no querían matar a Santiago Nasar. Debido a su buena reputación, nadie creía que lo fueran a hacer.

## ÁNGELA VICARIO

Es una mujer hermosa y pertenece a una familia con pocos recursos. Su madre, Purísima del Carmen, la crió para casarse, como a sus otras dos hermanas. Sabe hacer todo lo que se supone que una buena esposa debe saber hacer: coser, bordar, lavar y planchar, hacer dulces, etc. Sin embargo, según el narrador, es pobre de espíritu, y por eso su destino es incierto. Santiago Nasar llega incluso a referirse a ella como «la boba». Por tanto, cuando Bayardo San Román decide que se quiere casar con ella, su familia lo celebra y lo considera un regalo del destino, a pesar de que Ángela no está de acuerdo, pues le desagrada su altanería y el hecho de que sea muy hombre para ella. Cuando la joven insinúa la falta de amor como argumento para no casarse, su madre le responde que el amor, como tantas otras cosas, es algo que se aprende. Además de esta falta de amor, existe otro problema: Ángela ya no es virgen, tal y como le ha confesado a unas amigas. Estas le aseguran que, usando ciertos trucos, puede fingir que pierde la virginidad con Bayardo para así lucir la sábana manchada al día siguiente y asegurarse de que la honra de todos quede intacta.

Muchos años después, cuando el narrador, su primo, la visita, se encuentra con una mujer madura y con buen sentido del humor que no esconde su historia, sino que la ha aceptado y se la cuenta a quien quiera oírla. Sin embargo, nunca ha dicho quién fue el verdadero causante de su desgracia, porque nadie cree que Santiago Nasar le quitara la virginidad. Tras el matrimonio fallido, sin embargo, se dio cuenta de que sí quería a Bayardo San Román, y ha pasado veinte años escribiéndole cartas para que vuelva con ella.

## BAYARDO SAN ROMÁN

Es hijo de un célebre general conservador, Petronio San Román, y de Alberta Simonds, una mulata de Curazao. Tiene dos hermanas y unos treinta años bien llevados: buen cuerpo, ojos dorados, piel bronceada. Es un hombre encantador y atractivo que viste a la moda y con lujo. Algunos piensan que es un hombre extraño, mientras que otros creen que es homosexual. No se sabe a qué fue al pueblo, pero, cuando llegó, dio a entender que era ingeniero de trenes. Sabe de muchos temas, y es capaz de arreglar telégrafos, de curar enfermos y de nadar mejor que nadie. Le gustan las fiestas largas y ruidosas, pero normalmente cuando bebe no se mete en peleas. Es honrado, de buen corazón y creyente, además de millonario. Esconde más que lo que dice y el narrador piensa que es un hombre triste.

Después de la tragedia, pasan varios días hasta que alguien se acuerda de él. No quiere ser molestado y pide estar solo en su mansión recién comprada, pero se encuentra tan mal, postrado por el alcohol, que su madre y sus hermanas van a buscarlo. En el pueblo se dice que él es la única y verdadera víctima, pues el resto de personas cumplieron con su papel.

## PLÁCIDA LINERO

Es la madre de Santiago. Se casó por conveniencia con Ibrahim Nasar y su matrimonio no conoció un día feliz. Vive con su hijo en una bodega que su marido convirtió en casa y siempre cierra la puerta con tranca. Cuando se entera de que van a matar a su hijo reacciona de manera muy calmada, pues es una mujer de nervios firmes. Sabe interpretar los sueños, por eso nunca se perdonará no haber visto ningún mal augurio en los de su hijo, que tenían que ver con árboles.

## CRISTÓBAL BEDOYA

Todos le llaman Cristo. Es muy amigo de Santiago Nasar y del narrador, y gran compañero de parrandas. Aún sigue pensando en que, si la noche de la boda se hubiera quedado a dormir en casa de sus padres y no en la de sus abuelos, se habría enterado del plan de asesinar a su amigo y habría podido alertarle. Se convirtió, años después, en cirujano.

El día de la muerte de Santiago estaba con él en el puerto y bromeando por las calles del pueblo. Se entera de que lo van a matar minutos antes, gracias a un tendero, pero justo cuando se lo va a decir, Santiago ha desaparecido. Cristo lo busca por todas partes: va a su casa, despierta a su madre, etc., pero no lo encuentra. Entonces decide ir a su propia casa, donde Santiago prometió ir a desayunar. Mientras tanto, su amigo es asesinado.

## VICTORIA GUZMÁN Y DIVINA FLOR

Victoria Guzmán es la cocinera de la casa de Santiago Nasar, pero antes fue amante de su padre, con quien tuvo un hijo. No quiere a Santiago

Nasar y está empeñada en evitar que le haga algo a su hija, Divina Flor, una joven hermosa que acaba de entrar en la adolescencia. Divina Flor sabe que su destino es terminar en la cama de Santiago y, años después, cuando el narrador la entrevista, dice que no hubo otro hombre como él.

A ninguna de las dos le preocupa demasiado la muerte de Santiago; incluso una pordiosera enviada por otra persona les avisa, pero hacen oídos sordos a sus palabras.

## DON LÁZARO APONTE

Es un coronel retirado y el actual alcalde del pueblo. Cuando le cuentan los planes de los hermanos Vicario, les decomisa los cuchillos y piensa que ha cumplido su labor. Sin embargo, ellos logran conseguir otros.

## CLOTILDE ARMENTA

Es la propietaria de la tienda, cerca de la casa de Santiago, donde los hermanos Vicario lo esperan para matarlo. Intenta convencerlos de que no lo hagan o que lo dejen para después y habla con distintas personas para que la ayuden a impedir el asesinato. Está convencida de que los gemelos no quieren matar a Santiago y quiere que alguien los libre de la responsabilidad de tenerlo que hacer.

## EL NARRADOR

El narrador, que cuenta la historia en primera persona, es amigo y compañero de fiesta de Santiago y Cristo. Su madre es la madrina de Santiago. Veintisiete años después de la tragedia, sin aún haber comprendido del todo lo que pasó, decide volver al pueblo y entrevistar a todos los que estuvieron presentes u oyeron algo para poder así escribir la crónica.

## EL PUEBLO

Existen otros personajes que son nombrados de pasada o que fueron testigos de la muerte de Santiago Nasar y ahora le cuentan al narrador lo que pasó. El pueblo funciona como un coro de una tragedia griega clásica, pues advierte de lo que va a pasar. Es una conciencia colectiva, como se hace evidente en el momento en el que Santiago, confundido, trata de huir de sus asesinos, pero entre todas las voces que gritan y le advierten, no logra entender nada.

# CONSIDERACIONES FORMALES

## GÉNERO

Como veremos en esta sección, es muy difícil hacer una clasificación única sobre el género de este texto, que precisamente busca esa confusión.

### ¿Crónica?

Una crónica, según la definición del diccionario de la Real Academia Española de la Lengua, puede ser una narración histórica en la que se sigue el orden consecutivo de los acontecimientos o un artículo periodístico sobre un tema de actualidad. Entonces, a primera vista, dado que se trata de un texto basado en unos hechos reales que ocurrieron en Sucre (Colombia) en la década de 1950, y dado que intenta contar en orden la historia de la muerte de Santiago Nasar, se podría decir que el texto, en efecto, es una crónica. Sin embargo, si se mira con más detenimiento, el asunto es más complicado. Estamos ante una novela que a veces confunde por su sencillez.

Es cierto que el narrador entrevista a testigos, cita fuentes y revisa informes, todo lo cual apuntaría a una labor investigativa de periodista. Pero también es cierto que no se trata, como en un texto periodístico, de la simple enunciación de unos hechos ocurridos en la realidad y explicados de manera objetiva, fría y aséptica. Por el contrario, si se lee con atención, se verá que los personajes no se pueden poner de acuerdo ni siquiera en el clima que hacía la mañana en que mataron a Santiago Nasar: algunos dicen que lloviznaba y otros están convencidos de que hacía sol. Así, se nos empiezan a dar pistas que nos llevan a pensar que, tal vez, las cosas no serán tan claras como promete el título, que incluye la palabra «crónica».

Pero no solo los personajes no se ponen de acuerdo con respecto al clima, sino que la cronología del texto viola las normas del género periodístico. No hay un principio, un nudo y un desenlace, sino que los tiempos se entremezclan y se confunden constantemente. El narrador recuerda en parte lo que sucedió, pero lo mezcla con lo que dijeron las personas ese día, con lo que dicen los informes de la policía y con lo que vuelven a decir otros testigos veintisiete años después de los hechos. La cronología de la novela nunca es una línea recta, sino que hay saltos, anticipaciones y repeticiones. Adicionalmente, el tiempo narrado, el de los hechos, es solo de una hora y media de duración: entre las cinco y media de la mañana, cuando Santiago se levantó, y las siete de la mañana, cuando fue asesinado. Como veremos más adelante, se trata de un texto circular y, por lo tanto, no es una crónica, sino más bien una novela que ha elegido la forma de crónica para ser contada.

### ¿Sabía que...?

*Crónica de una muerte anunciada* es un texto basado en hechos reales que sucedieron en 1951. Gabriel García Márquez siempre dijo que era su novela más realista y también su única novela policíaca. De hecho, en una famosa entrevista con Santiago Gamboa y ante la pregunta de por qué nunca escribió novela negra, el escritor dijo que *Crónica de una muerte anunciada* lo era.

## ¿Novela policíaca?

Si se tiene en cuenta la afirmación de García Márquez, se podría decir que, en cierta medida, *Crónica de una muerte anunciada* tiene todos los elementos para poder ser considerada una novela policíaca:

- un enigma: el asesinato de Santiago Nasar;
- un criminal: en este caso son dos, los hermanos Vicario;
- un detective: el narrador, que se encargar de entrevistar con todo el rigor a testigos e implicados, que investiga en varias fuentes e intenta reconstruir lo sucedido.

Pero, ¿quién es el verdadero culpable? Lo que en primer lugar parece sugerir la novela es que, a pesar de que los hermanos Vicario son los responsables del asesinato, no son los culpables. Ellos, como se nos repite varias veces a lo largo del texto, parecen ser víctimas de algo más fuerte, puesto que no quieren matar a Santiago Nasar pero deben, aun así, cumplir con un destino. Y lo que es más: la novela parece insinuar que todos los testigos —es decir, todo el pueblo— son culpables de alguna manera, puesto que sabían lo que iba a ocurrir y no evitaron el asesinato. Además, lo que quizás sea más importante es que el verdadero enigma no queda resuelto: el enigma no es el asesinato, pues desde la primera página sabemos quién mató a Santiago Nasar, sino con quién perdió la virginidad Ángela Vicario.

Todos estos indicios revelan, como en el caso de la crónica, que hay una falta de verdad. Al final, nunca sabemos si Santiago se acostó o no con Ángela Vicario.

## ¿Novela periodística?

A pesar de su título y del comentario de García Márquez, *Crónica de una muerte anunciada* no es del todo ni una crónica ni una novela negra. Pero sí se podría decir que es una invitación a una reflexión en torno a la verdad y a la dificultad de descubrirla, y también en torno al periodismo y su pretensión de revelar la verdad —una tarea muchas veces difícil, si no imposible—. Además, también es una novela sobre la literatura y los alcances de la ficción:

> «*Crónica* es simplemente una "novela", pero no una novela "simple". Pues esta aparentemente

> simple "ficción", basada libremente en unos hechos reales es una "metaficción", una novela autoconsciente que usa su título para engañar y retar al lector desde el comienzo, para que entre en un proceso investigativo de reconstrucción textual análogo al que realiza el cronista diegético»[1] (Olivares 1987, 484).

Por todo ello podría más bien decirse que se trata de una novela periodística, pues toma elementos del periodismo, es decir, hechos reales, para construir una narración ficcional que entretiene y cuestiona los límites de los géneros. Por lo tanto es, sin duda, un relato ficcional que toma elementos del periodismo.

## ESTRUCTURA

Después de explicarnos que Santiago va a morir, el narrador nos empieza a contar cómo sucedió todo. Así, aunque la novela no está dividida en capítulos, tiene cinco partes identificables.

- la primera parte nos presenta a Santiago Nasar y su vida, es decir, al héroe de la historia;

1. Cita traducida por ResumenExpress.com

- la segunda parte hace lo propio con Bayardo San Román y Ángela Vicario, y nos habla de sus vidas, sus familias, de cómo se conocieron, de su relación y de la fiesta de matrimonio. Además, narra cómo Ángela es devuelta la noche de la boda y cómo, tras los golpes de su madre, cuenta que fue Santiago Nasar quien le quitó la virginidad;
- la tercera parte retrata a los hermanos Vicario narrando lo que hacían, la relación entre ellos, su decisión de matar a Santiago y cómo le contaron a todo el que se cruzó por su camino que planeaban acabar con él;
- la cuarta parte relata la autopsia del cuerpo y lo que pasó en el pueblo tras la muerte de Santiago, pues se temía una represalia, que nunca llegó, por parte de la comunidad árabe;
- finalmente, la quinta parte describe en detalle el asesinato de Santiago Nasar: cómo lo persiguieron, lo encontraron y lo apuñalaron infinitas veces, cómo Santiago incluso sobrevivió a esto y llegó a entrar a su casa, con las tripas por fuera, donde él mismo dijo que lo mataron.

Así pues, se puede asegurar que la novela es circular: empieza y termina con la muerte de

Santiago Nasar y en el nudo organiza, de forma perfecta, todos los hechos y tristes casualidades que llevaron a que se consumara su destino.

# TEMÁTICAS Y CLAVES DE LECTURA

## EL DESTINO TRÁGICO

La tragedia es un género teatral, acuñado en la antigua Grecia, en el que los personajes se ven enfrentados de forma ineludible con el destino, que normalmente es su destrucción o muerte. La más conocida, y que le puede ayudar al lector a entender qué es una tragedia, es *Edipo rey*, de Sófocles (poeta trágico griego, 495-406 a. C). Aunque algunas partes de la novela no se ajustan al modelo tradicional, lo que sí pasa con Santiago Nasar es que su muerte es inevitable. Como dice Santiago Gamboa en su prólogo a la novela, Santiago Nasar está destinado a morir y ese destino es irrevocable. Sin importar lo que intente hacer para evitarlo, como Edipo, Santiago va a morir. A pesar de que muchos intentan avisarle, de que se envían notas, de que casi todos los que lo rodean lo saben, Santiago muere. Y el lector sabe que esto es inevitable desde la primera línea de la novela, que empieza hablando del día en que iban a matar a Santiago. Ese es su destino. Como dice Gamboa, los personajes son empujados a la acción por fuerzas que no controlan, algo que incluso se insinúa varias veces a lo largo del texto. Por ejemplo, esta es una de las razones por las que el narrador decide retomar la investigación:

> «Nos sorprendían los gallos al amanecer tratando de entender las numerosas casualidades encadenadas que habían hecho posible el absurdo, y era evidente que no lo hacíamos por un anhelo de esclarecer misterios, sino porque ninguno de nosotros podía seguir viviendo sin saber con exactitud cuál era el sitio y la misión que le había asignado la fatalidad» (García Márquez 1981, 41).

Así pues, la crónica se escribe con el fin de entender qué papel desempeñaba cada uno en ella. Pero las fuerzas son como esos dioses implacables que nos empujan a todos hacia nuestro destino.

## EL HONOR Y LA VENGANZA

Otro de los temas más importantes de la novela es el honor y su defensa. Este tema fue muy popular durante el Siglo de Oro y parece ser que García Márquez lo toma de allí: «La lectura detenida de la obra descubre bajo su estilo policial una magnífica parodia del tema central del teatro español del siglo XVII: el honor» (Méndez Ramírez 1990). Este tópico, que surgió, probablemente, con la figura del *Don Juan* de Tirso de Molina, fue retomado por escritores como Lope de Vega, pues era un tema que fascinaba al público.

La historia es siempre similar: un mujeriego conquista a una dama, le roba su honra (virginidad) y, después, es perseguido, pues el honor debe ser devuelto o la pena resarcida por medio de un castigo ejemplar. Esta es la lógica de los hermanos Vicario y del pueblo entero, que justifica así, en parte, su responsabilidad por no haber hecho nada. Muchos se consolaron con el hecho de que el honor es algo intocable y que no hay que meterse en esas disputas. Más aún, no se trata solamente de que el pueblo estuviera de acuerdo en que la lucha por el honor era un motivo válido, sino que también lo estaba la ley. Durante el juicio de los hermanos Vicario, «[e]l abogado sustentó la tesis del homicidio en legítima defensa del honor, que fue admitida por el tribunal de conciencia, y los gemelos declararon al final del juicio que hubieran vuelto a hacerlo mil veces por los mismos motivos» (García Márquez 1981, 23). La honra es, de este modo, algo que se debe proteger incluso sacrificando la vida de los demás.

## LA VIOLENCIA

Siguiendo con lo anterior, lo interesante en este caso es que la novela no fue escrita en el siglo XVII sino en el siglo XX, una época en la que suena absurdo que los pleitos de honor se resuelvan así. Más allá de que en un pueblo perdido de la costa colombiana esto aún pueda pasar y no se trate de realismo mágico, lo que hace García Márquez es una parodia: al ironizar y exagerarlo todo, pone en ridículo a los personajes y sus códigos morales pasados de moda. Así, subraya lo absurdo que resulta que en pleno siglo XX haya todavía vestigios de una herencia colonial española. Este tópico, sacado de lugar y llevado hasta sus últimas consecuencias, resulta en una crítica a la violenta sociedad colombiana y también en un estudio de su herencia española.

Estos asuntos del honor se relacionan, por supuesto, con una sociedad machista que cree que las mujeres son objetos que pertenecen a los hombres y que los problemas se solucionan con violencia. Así pues, *Crónica de una muerte anunciada* es también un comentario y una crítica a estos valores sociales, casi siempre irracionales, que podemos decir sin temor a equivocarnos que aún impregnan nuestra sociedad. Por esta razón, resulta importante mencionar lo que pasa con Ángela Vicario. Después de los hechos, su familia se va a otro pueblo y, muchos años después, cuando el narrador se la encuentra, ve una Ángela distinta, una Ángela más dueña de sí misma y de su pasado, menos muerta por dentro, que cuenta tranquila su historia. Y lo que es más, Ángela ahora ha logrado el propósito que se impuso días después de la boda al descubrir que sí amaba a Bayardo: que vuelva con ella. Es así como García Márquez introduce una gran complejidad al tema del honor, que amplía y trae hasta nuestros días para hablar de la realidad colombiana.

## LA BÚSQUEDA DE LA VERDAD

En el problema de la búsqueda de la verdad se reúnen todos los demás, y es que el misterio en torno al que gira la obra nunca se resuelve. A pesar de los intentos del narrador por dar sentido a la historia —busca a los personajes por toda la costa, rebusca en informes y documentos oficiales, habla con Ángela años después y le hace la pregunta directamente—, nunca sabemos si Santiago Nasar se acostó con ella.

Es así como se podría decir que esta crónica, con sus problemas de clasificación, su género no resuelto y sus muchos juegos con el lector, hace una crítica y una reflexión sobre nuestra capacidad para conocer la verdad. Lo que es más, nos lleva a cuestionarnos si tal verdad existe realmente y si nuestros medios para conocerla, que se pretenden objetivos —como el periodismo—, en realidad son también otras formas de ficción, otras formas de intentar explicarnos el mundo y sus sucesos. Pero lo que queda claro es que, a pesar de los intentos de esta crónica por esclarecer los hechos y por darle alguna tranquilidad a sus protagonistas, esto no se logra y no queda más que aceptar que el mundo está lleno de casualidades y de coincidencias: a veces, simplemente, no podemos explicarlo todo.

# PISTAS PARA LA REFLEXIÓN

## ALGUNAS PREGUNTAS PARA PROFUNDIZAR EN SU REFLEXIÓN

- ¿Cómo se relacionan literatura y periodismo a lo largo de la novela?
- ¿Cómo es la mezcla de tiempos en la novela? ¿Qué función cumple el hecho de que la cronología no sea clara?
- ¿Qué aporta el hecho real, que sucedió en 1951, a esta crónica escrita treinta años después?
- ¿Qué nos dice *Crónica de una muerte anunciada* sobre la sociedad colombiana, particularmente la costeña? ¿Qué realidades refleja?
- En la familia Vicario, las niñas son criadas para ser buenas esposas y los niños para ser hombres. ¿Cómo son los personajes masculinos y los femeninos en la novela? ¿Cuáles son sus diferencias y cómo afectan a la vida del pueblo?
- ¿Cree que esta novela puede considerarse feminista? ¿Por qué?

- El lector conoce el final de la historia desde el principio y, sin embargo, sigue leyendo. ¿Por qué cree usted que pasa esto? ¿Qué técnicas utiliza García Márquez?
- ¿Puede usted, como lector, confiar en el narrador teniendo en cuenta que era amigo de Santiago y que nunca creyó que él hubiese estado con Ángela?
- Nombres como Ángela (relacionado con un ángel) o Vicario (juez) no parecen haber sido puestos al azar. ¿Qué cree que significan? ¿Puede encontrar más?

*¡Su opinión nos interesa!*
*¡Deje un comentario en la página web de su librería en línea,*
*y comparta sus favoritos en las redes sociales!*

# PARA IR MÁS ALLÁ

## EDICIÓN DE REFERENCIA


- García Márquez, Gabriel. 1981. *Crónica de una muerte* anunciada. Madrid: Biblioteca El Mundo.


## ESTUDIOS DE REFERENCIA


- Gamboa, Santiago. 1981. Prólogo a *Crónica de una muerte anunciada* de Gabriel García Márquez. Madrid: Biblioteca El Mundo, 1981.
- Méndez Ramírez, Hugo. 1990. "La reinterpretación paródica del código de honor en *Crónica de una muerte anunciada*". *Hispania,* vol. 73, n.º 4.
- Olivares, Jorge. 1987. "García Márquez's *'Crónica de una muerte anunciada'* as Metafiction". *Contemporary Literature,* vol. 28, n.º 4.


## LECTURAS RECOMENDADAS


- Rama, Ángel. 1983. "García Márquez entre la tragedia y la policial o Crónica y pesquisa de la *Crónica de una muerte anunciada*". *Sin Nombre,* vol. 13, n.º 1.

- Ruffinelli, Jorge. 1985. "*Crónica de una muerte anunciada*: Historia o Ficción". En *En el punto de mira: Gabriel García Márquez*. Editado por Ana M. Hernández de López. Madrid: Editorial Pliegos.

www.resumenexpress.com

ISBN ebook: 9782806289322

ISBN papel: 9782806289339

Depósito legal: D/2016/12603/750

Cubierta: © Primento

*Libro realizado por* Primento*, el socio digital de los editores*